我的鋼筆

貓爵 著

天空數位圖書出版

序

一直以來盡情灌注在寫作中，是件讓我覺得愉快的事情。尤其是寫得順手時，有種在乘風而起的感覺。飛快地寫下一字一句一段，故事就像一張舒展開的布，流暢展露在我面前。當然有時候還是會碰上寫得不順手。那時候，就像踩著石頭過河，每一步都踩得緩慢。

直到寫下結局的那一刻，有一種滿足的感覺。而結局之後的成就感，來自讀者的肯定，希望你們會喜歡我寫的故事；你們的喜歡，是給予我最大的成就感。

說回到喜歡恐怖故事，其實我喜歡的不是嚇人，而是喜歡恐怖故事裡荒誕詭異的世界觀，懸疑的氛圍。對那些奇詭之物的描述，會深深吸引著我，一種對神秘感的著迷。

在我小的時候，到了夜深之時，會有一個對我來說像「秘密寶藏」的節目播出，那是講鬼的節目。有時候講的是泰國的降頭，有時候講的香港的恐怖事件，狐仙、人面魚、靈異地點等等。

一開始，我覺得吸引我的是神秘事物本身。但後來我發現，除了神秘事物外，我也被這些神秘事物的故事所吸引。狐仙從什麼地方而來，為什麼會在牆上留下他的身影。廢墟裡的鬼影，是這座廢墟曾經發生了什麼慘忍的事情嗎，那麼祂們的故事是什麼呢？

事實上，我寫最順手的就是神秘事物的描述，跟講祂們的故事了。那些踩著石頭過河的，就通常是角色間平淡的聊天了，聊天的內容最讓我頭痛了！

這次的三個故事中。《鋼筆》是我在學生時代，非常想獲得的一個東西。但我們都知道的，想得到什麼，都要付出點什麼，於是有了這個故事的構想。《排水溝》當中的排水溝場景，取材自我家附近的排水溝。是如故事描述的，多半都已經地下化，偏偏還留著一小段露出地表的排水溝系統。《不是你》則帶有點懲罰意味。

最後，感謝家人、朋友，在創作路上遭遇過的各種人事物。感謝跟我一起在想方子設計工作室努力的同伴，感謝協助這本書成書的人們。

我是貓爵，希望你們喜歡我的故事。

貓爵

目錄

排水溝

「呼——呼——」能吹斷招牌的強風，在窗戶外肆虐，肆意地遊走在窗框與牆壁的縫隙間，彷彿尖叫聲呼嘯著。

啪啪啪！整片窗戶玻璃像是有人用力拍打似地，劇烈碰撞晃動。

這個小套房的租客，21 歲的女大學生楊雨柔，毫不擔憂外頭的風雨。她頭上帶著粉紅色耳罩式電競耳機，全神貫注地坐在電腦前。

「會不會玩阿？輸出沒在輸出，坦沒在坦的，一群雷隊友欸！」楊雨柔邊移動滑鼠邊罵著，「我這個神輔助也 CARRY 不起來啊！」

「滋！」突然一聲電流聲響，全部的燈光頓時熄滅。

「停電？」楊雨柔輕聲說道，她終於驚叫出來，「我的排位積分！」

慘叫無助的楊雨柔，認為自己成為了這場颱風的重度「受災戶」。

而中度颱風掃過全台一整晚後，終於在凌晨結束臺灣一日遊，往日本繼續它的旅程。電力公司在風雨中順利搶修，恢復正常的電力供應。

起床後的楊雨柔插上黑色快煮壺的插頭，按下開關，撕開三合一咖啡的包裝，倒進她最愛的貓咪馬克杯裡。

起床的一杯咖啡，是楊雨柔每天的起床儀式。

在等待水煮沸的這段時間，楊雨柔站在窗邊，打算看看颱風過後，街道上的狀況如何。楊雨柔租的套房僅有一扇對外的窗戶。而窗戶與大馬路之間，隔著一條排水溝，不時傳來的惡臭正是這裡房租便宜的原因。

這條排水溝在都市規劃中，全線已經有大半埋在地底。上頭成了柏油馬路。偏偏在楊雨柔這邊，正好處在地下化與裸露的交界處。從套房的窗戶看出去，能夠看到污水進入地下的漆黑涵洞。

「真的是一片狼藉呢！」楊雨柔感嘆一聲。

不意外的，街道上滿是落葉，樹枝與垃圾，甚至有一座移動式招牌橫躺馬路上。根據上面的名稱，這座招牌是屬於五公里外的快餐店所有。

「嗯？」楊雨柔注意到在排水溝的欄杆旁，站著一個穿學生制服的小女生，短髮、窄裙。穿著制服卻沒有背著書包。

「該不會是蹺課吧？」楊雨柔笑了一聲，從桌上拿起她從二手3C店買來的IPHONE 10，看了上頭的時間。「九點四十分，好學生應該都在上課！」

看著蹺課的女學生，楊雨柔不禁想起自己高中時，經常蹺課出去玩的歲月。她一直玩到了高三才靜下來好好唸書。而楊雨柔擁有讓人嫉妒的記憶力跟天分，她只念了這一年書，居然就讓她考上了自己理想的大學跟科系。

「呵呵，年輕真好。」楊雨柔正笑著，突然，她發現了一絲不對勁，她再度拿起自己剛剛放下的手機，仔細一看。

「星期二，早上九點五十分……」楊雨柔的神情頓時驚恐起來。

楊雨柔顧不得水才剛滾，立刻用熱水沖泡咖啡，再一飲而盡。

「燙燙燙！」楊雨柔邊喊著，慌忙拿了包包就衝出門。

星期二早上十點，楊雨柔有一門每次上課必定名，給分又異常嚴格的課，而依照租屋處跟學校的距離，楊雨柔這次趕上點名的難度看來是非常大的。

昨晚楊雨柔心想風雨這麼大，說不定星期二就可以停班停課一天。所以才放心的打遊戲到半夜。沒想到天亮之後颱風就開始遠離，她失算了！

楊雨柔衝出一樓大門，鐵門在身後一甩，「碰！」的重重關上。

「下雨？」楊雨柔匆匆拿出鑰匙準備騎車，抬頭看著天空，小小的雨滴落在她的臉上，「不管啦！」趕時間的楊雨柔連雨衣都不穿，發動機車催下油門，從巷子騎出，轉進大馬路，從站在排水溝邊的女學生旁疾駛而過。

就在楊雨柔離開之後，女學生突然就消失了蹤影，彷彿煙霧消散般。

「臭老頭，只是晚了十分鐘而已，居然還是算我遲到。」楊雨柔生氣地走在教室內，將包包甩到桌上，一屁股坐在好友羅詩晴旁，

「曹老頭課你也敢晚來，你還不知道他鎖門點名的速度嗎？有膽子！」羅詩晴輕聲說著，邊在桌子下比出大拇指稱讚。

「靠，你以為我想啊，我本來以為今天會放颱風假的！」楊雨柔抱怨著。

「昨天颱風登陸都沒放假，你以為今天颱風都走了還會放假喔。」羅詩晴笑著吐嘈。

「我哪知道阿！」

「我們今天繼續講德國文學上重要的幾位大師……」台上的曹教授正在講課。

剛剛坐下的楊雨柔卻無心聽課，如果這堂課不是文學系的必修的話，楊雨柔根本不會來上。雖然說她對文學有興趣，但是她更討厭枯燥煩悶的課程，更別提曹教授讓人昏昏欲睡的講課語調。

楊雨柔偷偷在桌子底下拿出手機偷看。

羅詩晴略微低頭看了一眼，「你還在玩那個交友 APP 喔？」

「對阿。」楊雨柔心不在焉地回道，她正在一邊正在 APP 上跟人聊天。

羅詩晴翻了一個白眼：「真不知道那個有什麼好玩，上面不是宅男就是渣男，再不然就是每天傳下體照的噁男，我在旁邊看著你玩就完全沒有興趣了。」

「上面還是很多有趣的人啦。」楊雨柔解釋道，「而且還有各種職業的男人可以認識，有設計師、大廚啊，連醫生跟老師都有。如果只是關在學校裡，認識的就都是大學生而已，聊的話題都差不多，多無聊！」

楊雨柔抬頭看著羅詩晴：「還是你想認識外國人，那就要推薦你用另一個交友APP了。」

「不用，謝謝了，交友APP達人！」羅詩晴拱手作揖，

「你們爸媽付學費讓你們上大學，就是讓你們來教室聊天玩樂的嗎？」曹教授忽然大聲喊道。原來楊雨柔跟羅詩晴聊著聊著，聲音不知不覺越來越大。兩人聽到曹教授的話，臉上有點紅了，低著頭正襟危坐。

曹教授看多了各種學生，沒有繼續為難兩人，拿起講台上的水杯喝了兩口水便繼續講課。

傍晚，楊雨柔騎著機車返家，龍頭下的勾子掛著她今天的晚餐。經過排水溝時楊雨柔特意看了一下排水溝，並沒有看到女學生。

楊雨柔停好機車走上樓，當她回到房間的時候，便聽到窗外傳來嘩啦拉的雨聲。

「太幸運了，差一點就要被淋濕。」楊雨柔笑著把晚餐放到桌上，走到窗戶旁向外看。

「咦？」

傾盆大雨之下，透過玻璃看到的東西都很不清楚，但楊雨柔仍然可以看到一個模糊的人影站在排水溝旁。

刷！楊雨柔拉開窗戶，她看清楚了，正是早上的那名女學生。

「剛剛怎麼沒看到？而且這麼大雨，還一個人站在外面⋯⋯」楊雨柔想了想，拿起放在門邊掛的傘。

「嘩！」外頭的雨勢越下越大。颱風雖然已經離開了臺灣，但是跟在颱風後頭的西南氣流，帶來了豐沛的水量，接下來一個禮拜都會是這樣下著大雨的天氣。

楊雨柔撐著傘，走到排水溝旁的大馬路，排水溝的水位明顯上漲，水勢也湍急起來。

女學生依然緊靠欄杆，低著頭。

「嗨，你在這裡做什麼？」楊雨柔用溫柔的聲音喊著，但是女學生就像是沒聽見，沒有任何反應。

楊雨柔站在女學生側面，她伸手拍了拍女學生的肩膀，女學生像是被驚嚇到般，縮了肩膀抬起頭。

突然，楊雨柔感覺到一陣頭暈目眩。

「我……什麼時候躺上床的？」楊雨柔回過神來，發現自己躺在房間的床上，「好累，怎麼全身酸痛？」

楊雨柔用盡全身的力氣才爬起身來，她覺得太陽穴一陣陣發脹，腦袋無法思考任何事情。伸手拿起放在床邊的手機，察看時間。

「傍晚了，我今天應該有去上課吧？」楊雨柔努力思考，回憶卻像卡住了的齒輪，記憶碎成難以拼奏的片段。

「對了，那個在排水溝旁的女學生？」楊雨柔關於今天的記憶都很模糊，唯獨女學生的身影卻清晰回憶起來，她的側臉輪廓、身上穿的制服樣式，都在腦海中清晰浮現。

她看著窗外。外頭雨勢磅礴而且路燈昏暗，看不清楚排水溝旁有沒有站著人。

「叮！」

「哇！」楊雨柔被手機上的通知嚇得幾乎跳起來，回頭一看。「嚇死我。」

原來是手機上交友 APP 的訊息通知，是一個暱稱叫「宇」的訊息通知。

「這個名字有點陌生……想起來了，是附近西城高中的老師，好幾個禮拜前有聊過幾次。」楊雨柔突然想起，「對了，那個女學生穿的制服，好像就是西城高中的……」

出於一些好奇心，楊雨柔與這位高中老師張宇聊天起來，她坐在床上拿著手機飛快地打字，而床邊的地板上，有一攤冰冷的水漬……

「原來你是教國文的啊！」

「是啊，我之前沒說過？」

「沒有，只有說過你是高中老師，真巧。」

「巧，怎麼說？」

「我念的是文學系喔！」

「原來是文學少女啊，平常喜歡看哪一方面的書？」

「詩集，另外我自己有在寫一些散文跟小說。」

「我最近看到一個詩集還滿有趣……」

找到共同話題的兩人，聊天的速度越來越快，話語也越來越熟絡。

「當初想說，當老師的應該都很嚴肅，才放著沒聊下去。沒想道意外的是個有趣的人呢！」楊雨柔看著越來越長的聊天視窗以及聊到只剩1%的電量，嘴角勾起了一絲笑容。

楊雨柔將電源線插到手機上，轉身準備下床。「起來洗個澡好了，我今天應該還沒洗澡吧？嘶，好冰！這裡怎麼會有一灘水？」

踩到積水的楊雨柔抬起頭，發現房間窗戶居然沒關，窗外有些雨滴被風吹了進來，打在她的臉上。

「難怪，原來是我沒關窗！」楊雨柔趕緊關上了窗戶，突然又有絲疑惑，「奇怪，我剛剛有打開窗戶嗎？」

楊雨柔看著自己在漆黑玻璃上，反射出來的倒影，想了一會，卻想不起來自己到底有沒有打開窗戶。「算了，懶得想了！」楊雨柔拿起浴巾跟衣物變走進浴室。

「叮！」手機又傳來一則訊息。

是張宇傳來的訊息：「明天有空嗎？出來吃個晚餐吧！」

隔天，義式料理餐廳的門口，楊雨柔穿著露肩的白色小洋裝，站在菜單的看板前。

「唉，我怎麼這麼容易就赴約了呢？這不是我平常的風格啊！」楊雨柔摸著自己的臉，在心裡對著自己抱怨。

「是 Sandy 嗎？」一個低沈的男性聲音在楊雨柔身旁說道。

「對！」楊雨柔轉頭回道，Sandy 是楊雨柔用在交友 APP 上的暱稱。

「張宇？」

楊雨柔看著眼前的男生，眼神逐漸明亮起來。張宇有著俐落的短髮、深邃五官輪廓，身穿筆挺的深藍色西裝，左手拿著咖啡色公事包。

「是還滿帥的，可惜不是我的菜。」楊雨柔的眼睛飛快地上下瞄了一眼。楊雨柔喜歡有點偏壞的男人，要健壯的身材、刺青跟大男人。

張宇這種斯文成熟型的，並不是她平常會喜歡的類型。

「可是，怎麼感覺心跳有點快？」楊雨柔輕輕撫著胸口，「糟了，這該不會就是緣分，人家說的一見鍾情？」。

「Sandy？」張宇看著楊雨柔奇怪的神情，開口問道。

「啊是！」

「怎麼了？」張宇燦笑著說道，「是覺得我跟大頭貼上長得不像嗎？」

「少來。你 APP 上的照片都沒有臉，全是背影！」楊雨柔看著張宇的臉說道，「不過還算人模人樣的，幹嘛不露臉，搞神秘！」

「這不是我想搞神秘，我也很無奈。」張宇搖了搖頭笑道，「畢竟我還是個老師啊，要是被學生發現，會造成不好的影響。」

「也是啦。」楊雨柔點了點頭。

「我們進去再說吧！」張宇伸手為楊雨柔推開了餐廳大門。

「謝謝。」

「歡迎光臨！」穿著襯衫的服務生立刻上前，問道：「兩位嗎？請問有定位嗎？」

「對，定位的名字是張宇。」張宇開口說道。

服務生翻看記錄簿，「好的，兩位裡面請。」

刀叉碰撞在餐盤上發出清脆的聲響，男女聊天歡笑的聲音自餐廳內此起彼落。

「法式料理的菜名不都很長嗎？」楊雨柔笑著說道：「我之前看到有人把中式的料理，改用法式的菜名講法，一下子就變得浪漫許多。比方說『油炸發酵豆腐佐醃漬生菜』」

「我想想。」張宇思索了一下：「臭豆腐？」

「沒錯！」楊雨柔指著張宇微笑。

「說到料理，其實我自己在家也會下廚。」張宇笑道。

「你還會做料理？」

「聽這語氣，很不可置信嗎？」

楊雨柔擺了擺手，「只是作料理的男生很少見而已。」

「外面的食物都太油太膩了。所以有空的話，我盡量自己下廚。」張宇揚了揚眉毛，「下次要不要來嚐嚐我的手藝？」

楊雨柔拿著玻璃杯，喝了一口水，曖昧不明地笑道：「考慮！」

「對了，你說你今年35歲了，為什麼到現在還沒結婚？」楊雨柔好奇地說道。

「這個嘛……我是在等待。」張宇勾起嘴角。

「等待，等什麼？」楊雨柔猜測地說著，「等待對的人？」

「昨天在等待對的人，今天之後……」張宇笑道：「就是在等你說YES。」

「哈哈哈。」楊雨柔誇張地笑著，「我不打算早婚喔，別等比較好。」

張宇毫不介懷地立刻回道：「沒事，反正我是注定了晚婚。」

「明明講話這麼油腔滑調，感覺在騙涉世未深的少女，但怪的就是，我卻討厭不起來？」楊雨柔心想著，搖了搖頭打算轉個話題。

「對了，我在我家附近看到你的學生欸！」

張宇疑惑地說道：「我的學生？」

「你學校的學生啦，就在排水溝旁看到的。」楊雨柔回道。

「排水溝……」張宇皺起眉頭，「什麼時候看到的啊？」

「前天，還有昨天。」楊雨柔跟著說道：「應該是蹺課吧，看她明明是上課時間還站在那邊！」

「喔！」張宇舒展眉頭，「通常是教官跟班導才在管這些事情，我沒有帶班級的。」

「那你們老師跟教官之間……」

愉快的晚餐結束過後，兩人來到門口旁的收銀台。

服務生接過帳單，「你好，請問是刷卡還是付現？」

「刷……付現好了！」張宇從錢包拿出鈔票給服務生，隨後轉頭問楊雨柔，「你怎麼過來的啊。」

「坐捷運來的。」楊雨柔隨意指了指，「剛好這附近就有捷運站。」

「先生，發票！」

「謝謝。」張宇接過發票後，為楊雨柔推開門。

楊雨柔邊走邊說道，「那你是怎麼來的？」

「開車。」張宇提議：「不然我載你回去？」

「不用啦……哇，下雨？」楊雨柔將手伸到屋簷外，接住不斷落下的雨滴。

「看你也沒帶傘。」張宇笑道：「走吧，我送你回去！」

坐在張宇白色 TOYOTA 轎車內，楊雨柔一邊閒聊一邊為張宇指路，在獨處的轎車內，兩人又聊了許多話題。

「就快到了，前面右轉。」

轎車右轉過後，兩人便看到了排水溝。

張宇有些驚訝，「原來你家在這裡？」

「怎麼了嗎？」楊雨柔疑惑地說道。

「沒什麼，只是這裡離我們學校很近，有時候開車會經過而已。」張宇笑了笑。

「原來如此。」楊雨柔指著排水溝旁的欄杆，「我跟你說看到的女學生，她就是站在哪裡！」

張宇瞄了一眼楊雨柔指著的位置，點了點頭沒多說什麼。

「現在不見了，前兩天都一直站在那裡。」楊雨柔說著。

此時，原本該是只有兩人獨處的轎車內，多了一名陪伴者。楊雨柔後方的座位上，女學生低著頭坐著。她的頭髮跟衣服全部都濕了，臉上蒼白毫無血色，水珠不斷地從身上滴落。

但坐在前方的兩人絲毫沒有察覺。

女學生的身體緩緩往前傾，整顆頭靠在楊雨柔的肩上，濕透的髮絲纏繞在她的肩膀跟脖子。

「你有沒有聞到一個味道？」楊雨柔用鼻子用力吸了一下。

「什麼味道？」

「說不上來，有點像酸臭味。」

張宇看了一下冷氣出風口，「可能是冷氣的味道？」

「可是剛剛都沒有聞到……」當車子到巷子口時，楊雨柔開口說道：「啊，停在這邊就好。」

就在這時，後方的女學生消失了。

「雨有點大，你趕快進去吧，今天跟你聊得很開心！」在路邊停好車後，張宇笑道。

「我也是，你回去開車小心。」楊雨柔跟著微笑回應，伸手打開車門。

「有機會的話，下次再見？」張宇探頭，對著車外的楊雨柔說道。

「好，掰掰！」

「掰掰！」

關上車門的楊雨柔，小跑步地奔向租屋處，張宇的轎車掉頭離開。楊雨柔從打開鐵門，走上樓梯，甚至一直到走進了房間，嘴角都是掛著微笑。

「該不會我真正喜歡的男人，是張宇這種類型的？」她自己也無法解釋這莫名而來的欣喜，連洗澡時，都愉快地哼起歌來。

楊雨柔邊擦著頭髮邊走出浴室。

「叮！」桌上的手機響起通知聲。

「張宇？」楊雨柔小跑步地前去拿起手機，「什麼啊，原來是新聞通知。」

楊雨柔有點失望地聳了聳肩，不過，新聞標題很快地勾起了她的好奇心。

「颱風天女學生課後失蹤，市長不放假失職？」

楊雨柔點開通知，進入新聞頁面。

「前天颱風肆虐臺灣，除了各地有淹水災情外，還有一名陳姓女學生失蹤。據了解陳女就讀西城高中，前日學校放學之後卻沒有返家。家人與警消在強烈風雨中搜尋了一整夜，仍不見陳姓女學生。目前警消仍在持續搜救，不放棄任何一絲希望。」

「所以說，颱風來直接放假就好，幹嘛讓大家冒著生命危險上班上課。就算放假之後才發現沒風沒雨，讓我們賺一天假又怎樣，政府會死是不是？」

「等等！」楊雨柔湊近螢幕，仔細地看著新聞報導中的一段話：「陳女就讀西城高中……」

拿著手機的楊雨柔緩緩地走到窗戶前，看向窗外。

「該不會，我一直看到的都是……鬼？」楊雨柔感覺全身發寒，「颱風天之後，就看到她老是自己一個人站在那裡，奇怪的時間奇怪的地點，一動也不動的……不不不，不能再想下去了，感覺很可怕啊！」

楊雨柔用力搖搖頭，拉上窗戶的窗簾後，爬上床。

「回到家了嗎？」楊雨柔對張宇發送訊息。

數分鐘之後，張宇便回覆了訊息，「剛到家。」

在兩人繼續熟絡地聊天時，那粉綠色的窗簾緩緩飄動起來，地板上出現零星飄落的水滴。

「滴答滴答！」水珠滴落。

一雙潔白的腳踩在地版上，走到了床邊。

那不停的滴水聲響，終於引起楊雨柔的注意。

「奇怪，哪裡漏水了嗎？」楊雨柔放下了手機，走向浴室。

「啪！」浴室的電燈打開，她按了按洗手台上的水龍頭。

「沒有啊，奇怪？」

楊雨柔抬頭，眼前景象讓她心頭猛烈一跳。

只見洗手台的鏡子上，反射出的居然不是她自己的樣子。而是濕著頭髮滿臉蒼白的女學生，臉皮上還有著一絲一絲的裂痕，雙眼全白沒有瞳孔。

「呃……啊……」楊雨柔向後退，她張大嘴巴卻無法發出聲音，過於恐懼使得她忘記如何發聲，甚至忘記了如何使用她的肺。

胸膛宛如凝固住了，她試圖呼吸空氣，但不論是吐氣還是吸氣，此刻的她都做不到。很快地胸口疼痛起來，跪倒在地。

她眼前所見的一切都變得昏暗，頭昏目眩。

而鏡子內的女學生伸出了她的雙手，手指穿透過鏡子表面，然後是手臂跟頭，緊接著身體也穿過了鏡子。

滴答滴答！女學生的身上不停滴水。

女學生用雙手捧起楊雨柔的臉龐，讓她抬起頭。

「呵——」楊雨柔深深地吸了一口氣，終於成功恢復呼吸。

「呼！」楊雨柔猛地起身，「我在床上？」

她摸了摸蓋在身上的棉被，又摸了摸自己的胸口，她身上的衣服全被汗給弄濕了。此刻的她，的確是躺在房間的床上，手機就放在身旁。

「滴答滴答！」浴室傳來滴水聲。

楊雨柔的手臂瞬間起了雞皮疙瘩，她掀開棉被衝到浴室，打開燈！

「啪！」

「什麼啊？」楊雨柔的語氣恍然大悟，卻又一陣輕鬆。「害我做惡夢！」

原來真的是洗手台的水龍頭沒關好，讓水珠緩慢地滴下來，她上前用力地壓緊水龍頭。

站在洗手台前的楊雨柔，低著頭彷彿在發呆，幾分鐘過去了一動也不動。

她喃喃地說道：「真的只是夢嗎？」

浴室地板上有著一大灘水漬，楊雨柔蹲下身，兩根手指從水漬中夾起一根長長的漆黑頭髮。

而她自從上了大學後，一直都是深咖啡色的短髮。

楊雨柔躺在床上翻來覆去，到了四點多才終於睡著。

到了早上十點，陽光照進房間裡了，楊雨柔還賴在被窩裡。而這時，外頭傳來吵雜的聲音，終於叫醒了她。

「外面到底在吵什麼啊？」楊雨柔爬起身，揉了揉眼睛下床。「救護車？怎麼這麼多人在排水溝裡？」

站在窗邊看著的她，心頭有了不好的預感。從衣櫃裡拿出衣服，匆匆換好衣服便出門下樓。

排水溝旁，除了警察、消防隊員跟記者外，附近里民也全聚集在旁。楊雨柔便對著其中一個里民打探消息。

「阿姨，請問一下，這裡發生什麼事啦？」

「我跟你講，有人死在我們這邊的排水溝裡，好可怕喔！」阿姨拍了拍胸口說道：「前幾天新聞不是有播報，說有個女學生失蹤了？今天早上，里長伯在看排水溝裡面有沒有塞住的時候，發現那個女孩子的屍體卡在裡面，好可憐！」

楊雨柔聽到這，背脊一涼。

「欸，拉上來了！」阿姨指了指前方，楊雨柔跟著看過去。

只見一群人把一具擔架從排水溝拉起，擔架上用白布蓋著屍體。阿姨在旁撇過頭，似乎是不忍看到這畫面。但是楊雨柔卻瞇起了眼睛，想仔細觀察。

「雖然看不清楚，但穿著的應該是制服……到底是不是我這幾天看到的女學生？」

「小姐，不要再往前了！」一名員警上前攔住不斷走近的楊雨柔。

「不好意思。」楊雨柔停下腳步看了看員警，接著繼續觀察擔架。

當車子載走女學生的遺體後，大隊人馬也跟著離開了。社區裡的婆婆媽媽，一邊激烈討論一邊走回家。漸漸地，只剩下楊雨柔還站在那裡。

「我這兩天看到她站在這裡，該不會，是在看她自己的屍體？」楊雨柔站在自己經常看到女學生站著的位置，「我一直看見她，甚至出現在我的房間裡，會不會是希望我能夠幫幫她？她應該是希望有人能發現她的。幸好，她終於不用一直待在水溝裡了！」

楊雨柔低下頭，突然看到地面上有一個東西。

她蹲下身撿起來，拿在手中仔細觀看：「鈕釦？」

楊雨柔手指捏著的是一個小小的金屬鈕釦，上頭刻著一個 T 的英文字母。她直直盯著鈕釦看，心裡思索著一些事情。

週末，某棟公寓的客廳內。

楊雨柔坐在灰色長沙發上，70 吋的大螢幕電視上正播放著電影。

楊雨柔看著廚房的方向，喊道：「真的不需要我幫忙嗎？」

「不用。」張宇的聲音從廚房傳來，「你坐在那裡，等著品嚐我的廚藝就好！」

過了好一會，楊雨柔起身探頭看向廚房，似乎在確定著什麼。接著她刻意放輕腳步，緩緩走向屋內一個房間。

楊雨柔打開電燈，這間是張宇的臥房，一張雙人大床跟一整排的系統衣櫃，角落放著一張落地鏡。房內的小東西都擺放整齊。

她拉開衣櫃門，一件件察看裡頭吊掛起來的衣服。

「在哪裡呢？……找到了！」楊雨柔拿出來的是一件藍色的西裝外套，就是張宇跟她在義式餐廳見面時所穿的那件。

將衣服拿高。楊雨柔觀察著袖口的位置，右手的袖口縫著一個金屬鈕釦，上頭有個 T 的英文字母。楊雨柔從自己的口袋裡拿出了在排水溝旁撿到的金屬鈕釦。

「一模一樣，我就想說在哪裡見過這個鈕釦！」楊雨柔又察看了西裝外套左手袖口的位置，上面並沒有鈕釦。

「張宇的外套鈕釦掉在排水溝旁，為什麼呢？」楊雨柔盯著手中的鈕釦看。

忽然，楊雨柔感覺後腦杓傳來劇痛，一陣暈眩感襲來。當暈眩緩緩退去之後，在她的腦海中出現了另一個視覺畫面，就像是頭腦接收了另一個人的視覺訊號。很快地，連聽覺也連接上了。

「我就是不明白嘛！」一個女孩子的聲音激動地說道。

楊雨柔感覺到這個聲音發自自己，但她並沒有說話。這個感覺讓她明白現在所見所聽的，都是來自另一個女孩。

她看到的畫面原本很模糊，但隨著時間漸漸清晰起來，那是坐在轎車副駕駛座的景象，前方的擋風玻璃因劇烈風雨而起了水波紋。

「我已經跟妳說了不只一遍，我覺得已經講得非常清楚了，為什麼你就是不懂呢？」一個男人的聲音非常不耐煩地說道。

楊雨柔認出了這個低沈的聲音，女孩也在這時看向駕駛座，證實了她的想法。開車的人是張宇。

「我之前就提醒你，在學校就把我當作一般的老師，不要有什麼引人懷疑的動作，你就是不聽！上禮拜，訓導主任已經把我找去談話了，他這次只是勸我要跟學生保持距離，下次就不只是勸導了，你懂嗎？」

「啊——！」女孩子尖叫著拍打前方，「我就是不懂啦，你說過愛我的，為什麼愛我還要限制我這麼多！」

「夠囉！」張宇吼道：「事情繼續鬧下去，我不只是沒辦法當老師這麼簡單，你能不能會思考一點，就一點！」

「我的身體已經給你了，你居然要跟我分手？」女孩子帶著哭腔嘶吼：「沒那麼簡單，我告訴你我一輩子都纏著你。你要是敢跟我分手，我就去跟學校說，我還會報警說你強姦我！」

刷地一聲，轎車緊急煞車。

「下車！」張宇的理智線終於在這一刻斷裂。

「不要！」

張宇拉起手煞車，解開安全帶。

女孩子看著張宇怒氣沖沖的開門下車，繞過車頭。

「你要做什麼？」女孩子驚恐地大喊，她轉頭看向自己右側的車門，張宇從外頭將門打開，將女孩子強硬拉出車子。

外頭大風大雨，四周因為停電而一片黑暗，只有轎車的車燈照亮路面，張宇將女孩子拉到了路旁。

楊雨柔這時從一邊的欄杆認了出來。這裡是排水溝旁，楊雨柔租屋處的對面。

「你不懂得成熟一點？就當作什麼事都沒有過，回到原本的關係就好，你為什麼要一再逼我，不肯放過我？」張宇的臉因為狂怒扭曲，雙手緊緊抓著女孩子的手臂。

「老師，好痛！」女孩子哀求著。

「你不放過我。」張宇自顧自地吼道：「我的人生，我的事業都會被你給毀掉的！」

「老師！」女孩子痛苦地喊著，全身發抖。

「啊！」張宇一聲怒吼。

楊雨柔感覺到劇烈的衝擊，看到的最後畫面，是一片漆黑的天空，還有大雨打在眼前。

「噗！」一聲落水聲響，然後是湍急的水聲，接著一片漆黑，死寂無聲。

「Sandy，你在這裡做什麼？」

拍在肩膀上的手掌，讓楊雨柔身體一抖，她緩緩轉過身，看到身後站著的是面帶微笑的張宇，而他正拿著菜刀。

十多分鐘後，張宇的臥室內。

「我跟她講過很多遍，在學校就當作陌生人一樣，她居然在樓梯間突然抱著我，根本就沒有為我想過！她才十六歲，上了法院我一定會被抓進牢裡關，那我以後還能做什麼工作？什麼都做不了！」

房間內，張宇的聲音響起。

「所以你為了自己的工作，就殺了她？」楊雨柔也在房間裡。

「那是一場意外，我只是推了一下，她就跌下去了，你要相信我愛她，我也很無奈。」

「我相信你！」

「那我們就出去吃東西，當作什麼事都沒發生過好嗎？」張宇欣喜地說道。

一陣短暫的沈默過後。

楊雨柔問道:「你真的愛她，愛她一輩子？」

「我愛她，真的！」張宇激動地說道。

「至死不渝？」

「當然！」

楊雨柔站在房內，嘴角勾著莫名笑容，拿著原本在張宇手上的菜刀，而張宇則坐在椅子上，全身被膠帶綑綁著。

「求求你放了我吧！我已經跟你坦承全部的事情……」張宇驚恐的臉上滿是鼻涕眼淚，「那、那個晚餐已經做好了，我剛剛做的牛肉真的很好吃，我們出去吃吧？」

楊雨柔一步步往前走，左手摸在張宇的肩膀上，繞到他的身後。

「Sandy，你要做什麼？」張宇努力轉過頭，想看清楚身後的楊雨柔。

楊雨柔笑著說道：「我不是 Sandy。」

「什麼？」

「你剛答應我了……」

楊雨柔雙手高舉著菜刀，張宇從一旁的落地鏡也看到這一幕，只是他看到的有些不一樣，楊雨柔居然變成穿著學生制服的女孩子，就是被他推落排水溝的女學生！

從交友 APP 上找出張宇的帳號，打開他的聊天通知，向他放送訊息，處處對張宇充滿心動跟愛慕的情感。這些全部來自於，附在楊雨柔身上的女學生！

「……至死不渝喔，老師。」

滋！

不是你

週一，商業區的某棟商業大廈內。

周人智從 9 樓走進電梯，放下咖啡色的公事包，對著鏡子整理自己的藍色西裝與襯衫。

「叮！」10 樓的電梯門打開。

周人智在走廊上觀望了一下，走進其中一家科技公司，按下玻璃門旁的門鈴。

過了好一會，一個穿著套裝的女人打開大門。

「你好，請問你有什麼事。」

「是這樣，我想跟您推薦我們公司的飲用水，每個月固定訂超過十桶，我們就免費租借飲水機，能夠熱飲也能冷飲……」

「不好意思，我們已經有飲水機了！」女人說完正打算關門，周人智伸出手擋住，不讓門關上。

「我們的水經過十二道程序過濾，絕對安全，喝起來還帶有淡淡的甜味。」

「真的不用，謝謝。」女人一臉為難的表情，想關門卻比不過周人智的力氣。

「要不要試用一桶看看……」

「欸！」一個老邁的聲音從遠處大喊，是這棟大樓的管理員朝著兩人跑來。

管理員氣憤地說道：「你跟我登記時說的是什麼，你要去拜訪三樓的一間公司？結果你給我一層一層上來，每一間公司都去騷擾推銷！這不是給我找麻煩嗎？」

「我只是想推薦好產品給大家。」周人智露出討好神色。

「行。別說那麼多，現在給我離開。」管理員指著電梯方向。

「不好意思。」周人智只好灰溜溜跑去搭電梯。

看到周人智走了，女人才露出厭惡不耐煩的表情，她對著管理員說：「大哥，這種人你怎麼也放上來，我們工作已經很忙了，還要花時間跟推銷員講話，都沒辦法工作了。」

「抱歉抱歉，我以後一定會多注意。」

周人智走到電梯門前，電梯還停在 10 樓。他先嘆了一口氣，才按了往下的按鈕。

叮，電梯門打開的瞬間，周人智往前邁了一半步，又硬生生止住。

因為電梯內，有一個背對門口的短髮女人，緊貼著鏡子站立。讓以為電梯內沒人的周人智嚇了一大跳。

「……你要往下嗎？」周人智走進電梯，隨口問了一句。

但是女人沒有回答，周人智只好按下往一樓的按鈕。

從十樓逐漸往下，後方的奇怪女人，讓周人智有種芒刺在背的感覺，他只得小心翼翼的盡量往前站。終於忍耐到了一樓，在電梯門打開的一瞬間，他立刻快步走出去。

同一瞬間，他聽到後方女人說了一句話。

「不是你。」

「什麼？」周人智回頭。

電梯間裡的女人消失不見了。周人智楞了一下，有點搞不清楚狀況。

離開大樓之後，周人智來到自己停在路邊的藍色小休旅車，先是蹲在車頭察看保險桿，確認保險桿上沒有傷痕後，才前去要打開車門。

這時，他看到了車頂有一灘白色的污穢物。

「鳥屎。」周人智無奈又生氣看著車頂。「最近倒楣事也太多，不用這樣玩我吧？」

坐進駕駛座後，他抬起左手看手錶，現在是下午兩點十五分。發動車子，周人智之後沒有立刻返回公司。

他先去麥當勞買份炸雞，隨後把車子開到環河停車場，在車子裡邊吃炸雞邊滑手機。

如果是太早回公司，會被人質疑出去根本沒做到事，周人智只好找個地方消磨時間。

叩叩！兩聲敲擊玻璃的聲音。

周人智轉頭朝車窗外看去，一個穿牛仔長褲跟白色透砂上衣的女人，就靠在車子旁。

「怎麼了？」周人智按下電動車窗的按鈕，玻璃緩緩往下。

「不是你。」女人說完後，轉身向車後走去。

這句話立刻讓周人智聯想到不久前在電梯遇過的女人，而他們穿著就是一樣的。

「你是……」周人智頭探出車窗，但是沒看到女人的身影。他回過頭，查探車上跟右邊的後照鏡，也沒有看到人。

「真見鬼了？」周人智沒心思繼續偷懶，把炸雞、可樂放進紙袋，發動車子離開這裡。

辦公室內。

周人智剛把公事包放到座位上，就聽到他的頂頭上司，韓建國經理扯著大嗓門叫著。

「周人智，看樣子你又沒有拿到訂單？」韓建國拍了拍周人智的肩膀。

「經、經理。」周人智有些尷尬地說道：「我今天拜訪了客戶，有幾個說他們在考慮，我覺得很有希望的。」

「考慮？你覺得有希望？」韓建國誇張地皺起眉頭：「你知不知道購物是種衝動啊，讓客戶考慮，他們只會越考慮越不想買！身為業務員是要PUSH，懂不懂？PUSH！」

「是是！」周人智點頭如搗蒜。

「是什麼？還不快打電話給那些有希望的客戶啊！」韓建國指著桌上的電話。

「那個。」周人智有些遲疑，緩緩說道：「我好像沒有拿他們的電話……但是我有給他們我的名片！」

「你！」韓建國深吸一口氣，臉色看起來想要開罵。

周人智有些害怕地往後退，準備迎接上司的狂風暴雨。但是等了一會，韓建國卻沒有開罵。

「算了，下次記得。」韓建國說完便離開。

鬆了一口氣的周人智，一屁股坐在位置上。鄰座的陳家豪悄悄地靠過來。

「老韓怎麼了轉性，居然不罵你？」

「我也不曉得。」周人智聳肩說道：「對了，你知不知道中山路那棟商業大樓？」

陳家豪疑惑地說道：「知道啊，那棟大樓怎麼了？」

「那棟大樓……」周人智靠近，小聲地問道：「有沒有鬧鬼？」

只見陳家豪先是探頭張望四周有沒有人在觀察他們，然後神祕兮兮地對著周人智說道：「其實……」

周人智都緊張起來，豎起耳朵聽陳家豪說話。

「我不知道。」

「靠！不知道你是在那裡裝什麼？」周人智怒罵。

「好啦好啦。」陳家豪一副求饒的模樣：「沒聽說過那邊有鬧鬼啊，還是你什麼八卦可以分享？」

「沒有！」

終於，周人智熬過了疲憊的上班時間。他在公司附近買了晚餐，就開車回家，踩著沈重的步伐進到家門。

同居的女友何娟早在他之前就回到家了。

周人智放下公事包，一言不發的吃了起來。早已經吃完晚餐的何娟坐在沙發另一邊，自己用平版電腦看著韓劇。

叮咚！何娟放在桌上的手機響起訊息通知，她飛快拿起手機察看。

周人智裝作不經意瞄了一眼，問道：「誰啊？」

何娟邊打字邊淡淡地說道：「朋友。」

「哪個朋友？」周人智又問道。

「就朋友啊，說了你又不認識。」何娟回道。

周人智放下手中的筷子，看著何娟：「你說了，我不就認識了？」

何娟語氣不耐煩：「你認識又怎麼樣，我不懂欸。」

周人智忽然站起身：「我才不懂你是怎麼樣，你能不能給我一點尊重？」

「又扯到尊重？你腦袋裡到底在想什麼，能不能稍微講理一點。」何娟。

周人智紅著臉喊道：「都是我的錯囉？」

「我沒那麼說！」何娟反駁。

「那你說是誰傳訊息給你的？」

何娟略微頓了一下，才說道：「只不過是我的同事罷了。」

「那個叫阿洋的男同事？」周人智的胸口彷彿有股火焰正要釋放出來，向何娟步步逼近：「那個經常載你回家的男同事？那個常常打電話給你的男同事？」

「就只是同事而已，你現在是什麼態度？」何娟辯道。

「同事？」周人智突然伸出右手，掐住何娟的脖子。

何娟受到壓迫無法呼吸，雙手緊抓周人智的右手試圖掙脫。奈何比不過周人智的力氣，只能無力搥打他的胸膛。

「同事？同事！」周人智大吼：「你以為我會相信你？」

「放、放開我。」何娟艱難地說著。

一直猛掐著何娟脖子的周人智，彷彿突然清醒了一般，放開了手。何娟全身脫力，癱坐在地。驚覺事情有點鬧大的周人智，趕緊蹲下身。

「你沒事吧？」周人智伸手撫摸何娟，可何娟卻嚇得往後倒退。

「咳，你別過來！」

「我、我只是一時衝動，我不是故意的。」周人智慌張地說道。

何娟緩緩起身，臉色驚恐害怕。周人智還想向上前，何娟卻是反射性的一推，把周人智推開。

「你！」

周人智感覺到被羞辱，右手一揮，重重的巴掌打在何娟左臉上。猝不及防的何均一陣吃痛，嘴角流出血來。

「我都認錯了，我不是故意的，你為什麼不原諒我？」周人智怒罵道。

知道此時有生命危險的何娟，匆忙地往抓起門口旁的鑰匙跟錢包，開門就跑。周人智伸手想抓何娟，卻抓空了。

何娟逃出門後用力甩門，周人智打開門想追上，何娟已經狂奔下了樓梯。而他一路追到馬路上時，早就看不到何娟的身影。

周人智失魂落魄地回到家，幾乎每過一分鐘就用手機發訊息。

「我平常壓力太大，我也不知道今天為什麼會這樣。」

「寶貝，我只是一時失控。」

「我錯了，你原諒我好不好？」

「你跑哪裡去了？」

「我不是故意的！」

「回來好不好？」

一整個晚上，他對著何娟的通訊軟體，瘋狂訊息轟炸。一直到了晚上 12 點，似乎是被煩得受不了了，何娟才回傳了一則訊息。

「我在朋友家睡。」

看到這則訊息，周人智幾乎是秒回傳。

「阿洋那裡？」

這則訊息馬上被何娟已讀，但是何娟之後都沒有再回覆。

一到了半夜三點，等不到訊息的周人智才爬上床，他的眼皮已經重重地垂下著。但他躺上床的那一刻，就覺得渾身不對勁。因為他想翻身放眼鏡，卻動不了。無論是手還是腳都失去控制，就連一根手指都無法動彈。

從來沒有經歷過這種事的周人智，一下子就怕了。他使盡了全身的力氣掙扎，身上都冒出一堆汗來，但還是動不了。

嘎！一個像是蟲子鳴叫的聲響起，聲音有種沈悶的感覺，像是隔了一堵牆發出來的。

叩，接著周人智聽到鑰匙在門鎖中轉動的聲音，門「嘰！」的一聲打開，隨後「碰！」關上。

「是阿娟嗎？」

周人智脖子無法轉動，視線固定盯著天花板，只能靠這些聲音猜測是不是女友回來了。

「救我！」周人智試圖喊叫，但是嘴巴卻沒張開，喉嚨一點聲音都沒發出來。

腳步聲從門口緩緩朝著床邊而來。周人智能夠感覺到，有一個人就站在床邊。此時，他還是處於失去全身控制能力的狀態。

宛如冰塊做成的冰冷雙手，輕輕地撫摸在他的臉龐上，緩緩把他的頭轉向，讓他能看向床邊。

他看到了站在床邊的女人，那不是何娟。

她白色的透紗上衣，短髮。有著蒼白毫無血色的臉龐，死灰色的眼睛，而左邊嘴角有一條紅色的血跡。

「為什麼？鬼？」劇烈的恐慌，像是在水中丟下巨石，不斷擴散著。

他全身上下每一吋肌膚與細胞都震動起來。一開始像是電動牙刷的小震盪、發麻，很快轉變成了強烈地震般的震動。

他像是忘記了呼吸的能力，肺開始吸不進空氣。

女人緩緩地彎腰，周人智眼看到女人的臉越來越靠近，他感到害怕恐懼，有一股噁心的感覺竄上喉頭！

在女人貼著周人智的臉對視之時，女人說道：「不是你。」

「哇！」周人智終於掙脫而起，大口地坐在床上喘氣。「噓、噓！」

他瞪大眼睛，環伺房間。沒有那個女人，房門也好好地關著。

一切就像是一場夢。但是床上那一大灘濕答答的汗漬，表明剛才周人智感受到的恐懼，是貨真價實的。

隔天早上。

周人智在上班前，在便利商店買了一個小禮盒，來到昨天的商業大樓。他一進大門，就被管理員認了出來。

「又是你，出去出去！」服務台內的管理員，一看到周人智就起身大喊。

「大哥放心，我今天不會上去的。」周人智立刻說道，把禮盒擺在台上。「這個是給大哥您的。

「不上去？」管理員疑惑地說道：「那你今天來幹嘛？」

「我今天來是跟你打聽一些事情……」

聽到周人智詢問的問題，管理員立刻版起臉孔，亦義正辭嚴地說道。

「你不要亂說話喔。我在這裡工作十多年，從來沒有什麼鬧鬼的事情，也沒有人在這裡死掉過！」

「大哥，我是很真誠的問你。如果你怕的話，可以小聲地告訴我就好。」周人智湊上前。

管理員用審視的神情上下掃過周人智：「你是不是偷偷錄音？」

「沒有，我錄音幹嘛？」周人智辯道。

「拿回去！」管理員拿起禮盒，就往周人智胸前砸。「你不要亂散播謠言，害我們這裡租不出去。滾，現在給我滾出去。」

差點沒抓住禮盒的周人智，看管理員兇狠地走出櫃臺，只好逃離。

周人智回到了自己的車旁，不悅地把禮盒丟進後車座，來到車頭看了一下前保險桿才上車。

他調整後照鏡時，從後照鏡可以看到周人智自己的臉，徹夜難眠的他，眼睛底下有一層黑眼圈。看起來就像一個吸毒體弱者般，毫無精神。

停等紅燈時，原本平靜的他突然猛搥方向盤，吼道：「為什麼要纏著我！」

吼叫時，臉孔猙獰。但是吼完之後，又立刻變得平靜起來。

綠燈亮起，他踩下油門開車。

他往上瞄了一眼後照鏡。忽然說道：「為什麼？」

從後照鏡可以看到，那個女人又出現了，她低著頭坐在周人智正後方。

「不是你。」

「不是我，那到底是誰？」周人智再度失控大吼。

公司內。

周人智正好壓線打卡，差一點點就要遲到。他坐到位置上時，一旁的陳家豪就察覺到他不對勁，拉著他的手臂。

陳家豪問道：「你這臉色是怎麼回事，該不會女朋友跟你做了一夜吧？」

「沒有，只是沒睡好而已。」周人智不願多說。

「周人智，出來抽一下煙。」韓建國走到周人智背後，拍了拍他的肩膀。

兩人並沒有走到正式的吸煙區，因為公司規劃的抽煙區離辦公室很遠。所以他們是使用鮮少有人的逃生樓梯間，當作他們私人的吸煙區來使用。

周人智為韓建國點煙，然後又為自己點了一根。兩人默默地吸了半支煙後，韓建國忽然察看上下樓梯，確認有沒有其他人。

「那件事怎樣了？」韓建國小聲地問道。

「那件事？」周人智腦袋混沌，反應比平常慢了許多，呆呆地回答著。

韓建國氣急敗壞地說道：「除了上禮拜那件事，還有哪件事？你車子的保險桿怎麼樣了？」

「喔。」周人智點了點頭：「我請認識的朋友私下處理好，跟新的一模一樣。」

「那就好。」韓建國吐出一口煙：「同事們都知道那天是你開的車，我不會隨便亂說的，放心好了。你這個月業績不太夠，多跑一點，聽我的話準沒錯。」

「嗯。」周人智默默點了頭。

韓建國抽完煙之後，先回了辦公室。周人智則抽出了第二支煙，點起。在煙霧中看著窗外有些陰暗的天空。

「原來我一直都記得，只是想要忘記，當作沒發生過……」

上週五，下班時間一到，所有同事都興高采烈的起身收拾東西。

「走啦走啦。」

「大家都要開車過去嘛？」

「有沒有要搭便車的？」

這一天晚上，是公司業務員的聚餐，他們來到山上的一處燒烤店。這裡是著名的夜景餐廳，邊看夜景邊吃燒烤。

「乾杯！」陳家豪高舉啤酒杯大喊。

十幾個同事應聲舉起酒杯，周人智跟韓建國也一樣。酒酣耳熱之際，有幾個同事大聲唱起歌來。周人智一手轉動烤蝦，一手看著手機。

「在幹嘛？」陳家豪搭著周人智肩膀，說道。

「沒什麼。」周人智收起手機說道。

「那就來乾杯啦！」陳家豪紅著臉，拿起自己的酒杯。

「我先去廁所。」周人智起身說道。

「少來。」陳家豪拉住周人智：「別想尿遁。」

「我真的忍不住，要滴出來了啦！」周人智求饒著說。

「我來跟你喝。」韓建國這時走過來，豪氣地拿著滿滿的啤酒杯。

「好，經理乾杯！」

好不容易脫身的周人智，走到廁所洗了把臉。擦乾手後拿出手機，螢幕上是跟何娟的訊息畫面，但是最後幾則訊息已經有五個小時未讀了。

心頭鬱悶的周人智，靠在廁所外的牆壁休息。

最近，他覺得女朋友態度越來越冷淡，感覺到不對勁的周人智，試圖想要跟何娟多聊聊，不想讓她們的感情往壞的方向前進。

但是何娟就像關閉了溝通的橋樑，處處迴避，讓他有力也使不上。因為這種無力感，讓他倍感鬱悶

「不要啦！」一個女孩子的聲音，打斷周人智的思索。

他轉頭看去，聲音是從一處竹籬笆後面傳來的。竹籬笆後面是一間咖啡廳，也是相當著名的夜景餐廳，因為比起燒烤餐廳更具情調，深受許多情侶喜愛。

籬笆後面是一處草叢，但是比周人智所在的廁所角落要亮一些。周人智可以透過竹籬笆的空隙看到草叢，而草叢這邊的人則不容易發現周人智。

原來是一對男女緊緊相擁撫摸著。男方的手不斷在女方的屁股與大腿游移，甚至快把短

裙撩到腰間。親吻的吸允聲一直沒有停下，女方也一直在「抗拒」著。

「不要啦！」女方說著，聲音卻與呻吟無異，女方的手不斷在撫摸男方的身體。

周人智紅著臉，眼眶也泛紅起來，拳頭漸漸握緊。

因為那個在享受歡愉的女方，就是何娟，他的女朋友。

周人智的拳頭越握越緊，指甲都要掐進肉裡，臉孔也越來越扭曲，就像一個即將噴發的火山，隨時就要到達臨界點，宣洩熊熊的怒火！

「碰！」啤酒杯重重地放下，與木桌發出聲響。

臉色潮紅的周人智，灌下滿滿一杯啤酒，周遭同事為他喝采歡呼。

「再乾一杯！」狀似瘋狂的周人智高舉杯子，他解開襯衫的扣子，模樣凌亂豪放。

「好！」

「再來！」

晚上11點，充滿互相灌酒的聚餐終於結束，每個人都滿身酒氣，走起路來搖搖晃晃。

「走啦，散會回家啦。」

「經理，走啦。」周人智發現韓建國還癱坐在位置上，用力搖晃說道。

但是經理卻沒有反應，緊閉著雙眼，嘴裡說著讓人聽不清楚的話。

「經理！」周人智向其他同事大喊：「欸，經理好像喝茫了耶，怎麼辦？」

「怎麼辦？」同事們面面相覷。

「那就……你載經理回家吧？」陳家豪提議說道。

「對！」

「好主意。」

「就交給你了！」

「不是，為什麼是我？」周人智傻眼，但同事們紛紛鳥獸散，大家都不想接這個燙手山芋，跑得飛快，想讓周人智接鍋。

看著迅速逃離的同事們，他深感無奈，而現在只剩下他一個人而已，他不能放韓建國一個人在這裡，只好扶起韓建國。

「喔！」周人智從來不知道一個喝醉的人，居然會是這麼重，就像是在扛著幾十袋砂包，每走一步，腳都要深陷入泥土。

花費一番功夫，他才終於把韓建國放進車子後座。自己來到駕駛座發動車子。

「幸好我知道他住哪裡。」

樓梯間內，周人智口袋的電話響起。他掏出來一看，號碼來自女友的公司。

「請問是周先生嗎？」一個女聲說道。

「是。」周人智疑惑地說道：「有什麼事嗎？」

「是這樣的，因為何娟到現在還沒來上班，沒請假、電話也打不通。所以主管要我詢問她的聯絡人，看看她的狀況。」

「何娟昨天去朋友家睡。」周人智回道：「所以我也不知道她今天為什麼沒去上班。」

「這樣啊……」

將煙頭丟進垃圾桶後，周人智跟韓建國說要出去拜訪客戶，開著他的車在市區四處逛，卻沒有在任何一棟大樓停下，反而往山上開，來到了夜景咖啡廳外。

他看著咖啡廳，無神的眼睛，透出空洞感。他在車上一直呆到傍晚才開車離開，天黑得很快，山路上沒有路燈，漸漸的只剩下車燈照亮路面。

「不是你。」突如其來的聲音讓周人智重重地踩下剎車，車子急停在路旁。

周人智沒有轉頭，也沒有看後照鏡，只是直直地盯著前方。

「對，不是我。」周人智雙眼失神，再度陷入回憶。

那天晚上，他載著韓建國，同樣開著這條路下山，周遭也是漆黑一片。

「我在哪裡？」后座傳來韓建國的聲音。

周人智略微回頭：「你醒來了啊，經理。」

「誰？」韓建國頭腦有些昏亂，瞇著眼說道：「喔，是周人智啊！」

「對啊，經理你喝茫了，我開車送你回家。」周人智回道。

叩叩！韓建國敲了敲車門。「你的車啊？」

「是啊。」周人智點頭笑道。

「停車！」韓建國抓著駕駛座的椅背說道。

「怎麼了嗎？」周人智疑惑地問道。

「我說停車，快停車！」韓建國用力敲打椅背。

見狀，周人智立刻將車子靠邊停。只見韓建國下車以後，走到駕駛座旁，試圖拉開車門，於是周人智自己開門下車。

「我來開車！」韓建國說道。

「可是經理，你這麼茫要怎麼開車？」周人智擔心地說道。

「什麼我茫，我剛剛只是睡著了。」韓建國不滿地說道：「你能開我不能開，你是說我酒量比你還差嗎？」

韓建國用手指著周人智的胸膛：「走開！」

韓建國硬是擠進駕駛座，周人智只好在車外繞了一圈，坐進副駕駛座。他才剛上車，還沒來得及拉安全帶，韓建國就重重踩下油門，隨著引擎聲快速駛入車道。

「經理，這裡都是山路彎道，開慢點。」周人智有點害怕。

「車子開慢，那不如走路就好啦，幹嘛開車？」韓建國得意地說道:「讓你看看我的車技。」

只見車子在山路上越來越快，可是車子很不穩，搖搖晃晃的。周人智好幾次都想上前幫忙抓方向盤，但都被生氣的韓建國推開。

意外，終於還是發生了。

在車子轉過一個右彎時，照亮正前方一輛機車與女騎士的背影。可韓建國絲毫沒有反應，腳還踩著油門。

「碰！」機車被車子從後面衝撞，車子往右前方翻滾，在地面揚起一大片灰塵，接著毫無停歇地摔進山溝裡。

當機車消失在視線裡，韓建國才回過神來，踩下煞車。

「怎、怎麼回事？」韓建國酒醒了大半，結結巴巴地說道。

「經理，你撞到人。」周人智瞪大雙眼，心裡發慌。

「我？不是，她怎麼會擋在路中間。」

周人智趕緊下車，可是地上只剩下一片摩擦痕跡跟碎片，往漆黑的山溝看，根本看不到任何東西。韓建國下車楞楞地站著，周人智慌張地來回剁步。

「走啦！」韓建國忽然喊道。

「可是？」周人智遲疑地指著山溝。

「你要幹嘛，你想下去找她？」韓建國上前抓住周人智的衣領。

「這麼黑，要怎麼下去？」周人智問道。

「那就對啦。既然下不去，那我們就走啦。」韓建國喊道。

「可是……」周人智的思考混亂，只是覺得離開有點不對，但又說不出個道理。

「啪！」韓建國一巴掌把周人智打蒙了。「我是誰？」

「韓、韓建國？」周人智傻傻地回道。

「啪！」周人智又被打了一巴掌。

「我是誰？」韓建國怒罵道。

「經理，我的主管。」周人智回道。

「所以聽我的話準沒錯，我說，離開！」韓建國一字一句重重地說道。

「喔！」周人智快步朝副駕駛座走去。

韓建國立刻叫住他：「你要去哪裡？」

「上車啊？」

「上什麼車，快開車！」韓建國說完之後，就上了後座。

「不是你。」女人的聲音在后座說著。

周人智想起了自己刻意忘記的東西。他開車回到了辦公室附近，現在已經是下班時間，人行道上陸陸續續出現了下班人潮。

他看見了韓建國從大門走了出來，他每天都是最準時下班離開的，身上還是穿著他那件明顯不合身的灰色西裝。

「不是你。」女人的聲音在耳邊說著。

油門重重地踩下。

「是啊，不是我。」

周人智臉孔猙獰，車子直直地朝韓建國開去。韓建國只來得及轉頭一看，根本無法閃避。

「是他！」周人智瘋狂的喊著。

「咚！」巨大的聲響與灰塵，凹陷的車頭濺滿了血跡，周人智趴在安全氣囊上暈厥過去。

「啊——」路人們紛紛發出了驚恐的慘叫聲。

叫聲吵醒了周人智，他眼皮顫抖著張開，嘴角勾著一絲詭異的微笑。此時，他透過車窗外的玻璃，看到在混亂的人群中，有兩個臉色蒼白的人站在那裡。

阿洋跟何娟。

他們異口同聲地說著，聲音彷彿在周人智耳邊。

「是你。」

「啊，那次…真的是我，哈哈哈。」周人智的眼神充滿了瘋狂與混亂。

那一個週五的夜晚，憤怒的周人智跨過了不可穿越的竹籬笆，撿起地上的一塊石頭，對著親熱中的男女猛砸。突如其來的襲擊，讓她們反應不及。諾大的咖啡廳庭院跟同事們高聲歌唱的聲音，掩蓋過那微弱的呼救聲。

陷入瘋狂的周人智更是往他們頭上猛砸，直到他們失去呼吸空氣的權利。

夜景餐廳建在懸崖邊上，方便了周人智將他們推下山谷。

事後，周人智回到了自己的車上，身為業務員的他總是在車上放著備用的西裝，換下染血的襯衫後，他若無其事的繼續跟同事們喝酒。

那一天晚上的事情，太過憤怒與瘋狂，也充滿了罪惡感的纏繞。

周人智寧願那天晚上的事情，只是一場夢。他也真的當作那是一場夢，而夢醒了總是要忘記的。於是他當作自己已經忘記了。

但其實他心裡，一直記得的。他在耳邊一直迴盪著那些，要讓他想起來的聲音。

「是你。」

我的鋼筆

風雨中，身穿制服的少年賣力奔跑著，彷彿用盡了畢生的力氣。

絕對不要被他追上！這是少年現在唯一的想法。

噗！少年一時不慎跌倒，跪趴在地讓積水中濺起大片水花。吃痛的少年卻是用力緊握右手，立刻爬起身繼續奔跑，不敢有片刻停歇。

彷彿他的身後，有莫名恐怖的怪獸正在追捕著他。

「碰！」少年就算到了自家鐵門前也沒有減速，讓整個身體撞在鐵門上，左手從口袋裡掏出鑰匙打開鐵門。

「你怎麼全身濕成這樣？」坐在客廳的少年母親，聽到開鐵門的聲音轉頭一看，隨後驚呼著。

可是少年絲毫沒有理會自己的母親，逕自跑上樓。

少年母親生氣地大喊：「我跟你說話，你是不會回應喔？」

回到房間內的少年，彷彿繃緊了的繩子一瞬間鬆脫般，全身癱軟地坐在地上。

呼！呼！少年用力地喘著氣，逐漸平復了呼吸。他臉上那疲憊的神情慢慢起了變化，先是微笑，然後狂喜。

叩、叩、叩！隔了一會，朱潤南的房門被用力敲打著。

「朱潤南！」朱潤南的媽媽隔著門版大喊。「今天颱風天，補習班停課了吧，你怎麼這麼晚才回來？」

「沒有停課啦，提早下課而已。」朱潤南頭也不回地，大喊。

「是喔？」

昏暗房間內的朱潤南沒有再回應，門外的媽媽離開了。

一會後，檯燈照亮桌上的一本自習評量。朱潤南坐在書桌前，飛快地在答案欄上填寫，以驚人的速度答題。

書桌上，不知為何飄散著一股血腥味，可朱潤南毫不在意。

他寫完一份評量後，立刻拿出評量的解答，一一對照自己剛剛填寫的答案。

「全對！」朱潤南的臉色輕鬆又帶著喜悅。

他走到窗戶旁看著馬路。

「沒追上來，是放棄了……不可能吧？」朱潤南暗自搖了搖頭。

叮咚！朱潤南放在床上的手機接連傳來通知聲。讓正思索著的他回過神來，他走到床邊拿起手機一看，平時沒什麼人在聊天的班及群組，不斷地在刷聊天訊息，訊息量很快破百。

「發生什麼事了？」朱潤南很是疑惑，好奇地點開班級群組，此刻在群組中，所有人激烈討論中學校裡發生的一件事大事。

朱潤南看完之後，露出詭異的笑容。

一週後。

朱潤南人高馬大，185 厘米的身高，坐在教室的最後一排。他面前的桌子上用書本疊起一座壁壘，在壁壘後面的他拿著小說悠閒閱讀，時不時因為小說裡的劇情而露出笑容。

國文老師張宇，在台上觀察朱潤南好一會，終於忍不住了。

「最後面那個同學！」張宇指著朱潤南的位置：「你、就是你，站起來！」

被鄰桌戳了戳手臂的朱潤南，發現自己被張宇點名後，不情不願地站起來，卻是手插口袋看向教室外。

「我跟你說話，你在看哪裡？」張宇覺得胸口的怒火正逐漸升高。

朱潤南這才轉過來，擺著三七步歪著頭看向張宇。「幹嘛？」

「你說幹嘛？」張宇走下講台，快步走向朱潤南：「這是對老師說話的態度嗎？你剛剛在看什麼東西？」

朱潤南臉色一變，想把桌上的小說丟進抽屜，但是張宇比他快了一步，從他手中抽出小說。

張宇冷笑甩了甩手中的書本：「你現在是很有自信大考能考幾分？距離大考很快就要倒數一百天了，你還有空看小說？」

「干你什麼事，把書還我！」朱潤南想搶走小說，可張宇沒讓他得逞。

「這書我沒收了！」張宇隨即轉身離開。

「憑什麼！」朱潤南大吼道。

張宇再度轉身，右手指著朱潤南的臉：「就憑我是個老師！就憑你，是個學生卻不好好唸書！我記得你，朱潤南，上次段考國文成績，連四十分都不到吧。全班倒數第一，你還敢在課堂上看小說？

朱潤南漲紅著臉。全班同學都看著兩人，所有人一陣寂靜，連呼吸都不敢大聲。

朱潤南忽然說道：「如果我考全班第一，你是不是就把書還我？」

「你考全班第一？」張宇聽聞，咧嘴大笑：「哈哈哈，好阿，正好下禮拜一就有模擬考，你要是國文能全班第一，我就把書還你！」

「不只是國文。」朱潤南嘴角一勾：「要賭就賭大一點！我全科成績全校第一的話，你辭職；我沒第一，我退學。敢不敢？」

張宇跟其他同學都愣住了，過了一會，張宇直接笑出聲來。

「哈哈哈哈，你沒考全校第一不用退學。但你要是真能考上全校第一的話，我立刻辭職！」

「好！」朱潤南信心滿滿，立刻答應。

這個賭約一出，就像瞬間來到了搖滾演唱會的現場，全班頓時轟動起來，所有人都在交頭接耳著。

「真的假的？」

「張老師怎麼了，他平常的脾氣很溫和的啊。」

「這也賭得也太大了！」

「辭職欸！」

「可是他不能會輸阿，你想想，朱潤南考全校第一？」

「說的也是，怎麼想都不可能。」

朱潤南帶著得逞般的笑容坐下，鄰桌曹平湊到他身旁說道：「你瘋了嗎？」

「瘋什麼？」朱潤南揚起眉毛。

「你跟老師賭考全校第一，你不是瘋了是什麼？」

朱潤南笑著說道：「我跟你說，我以前考試根本沒拿出實力，只要我認真起來，全校第一根本不算什麼。」

鄰桌翻了一個大白眼：「你就繼續扯，你考倒數第一我還信。考第一？別笑死我了！」

不理會鄰桌，朱潤南從書包中拿出一個鐵質鉛筆盒，輕輕地撫摸著，露出笑容。

放學後，高三每位同學不是留下來晚自習，就是到補習班報到。他們面對即將到來的大考，無不是背負沈重壓力，兢兢業業的努力著。

可是朱潤南，走著輕鬆的步伐離開校門口。他來到的地方，是距離校學校到兩公里的「幽浮」網咖。熟悉的向櫃臺服務員，要了自己常坐的位置。

每當放學後他都會在這裡玩遊戲，直到玩累了才會回家睡覺。用來開台的錢，則是他跟媽媽說要去補習的補習費。

連續幾天，他除了在學校外的時間，都是在網咖度過，週末假日也是在早上出門，就立刻到網咖報到。

很快，來到了模擬考當天。

考卷由前排一個個發下來，拿到考卷的每個人都是立刻低頭閱讀題目。唯獨朱潤南，拿到考卷之後卻是環伺教室內的每位同學。

他內心有種站在山頂，看著登山者艱辛爬山的俯瞰感。

「這就是高處不勝寒的寂寞感嗎？」朱潤南勾起嘴角。

他拿起鐵盒，裡頭放著一支鋼筆，他小心翼翼地拿出鋼筆，像是拿著某種聖物般。

那是一隻銀色的金屬鋼筆，筆身頂端有一環黑色的花紋，筆身中央刻著一串淡淡的英文字母。

朱潤南看著鋼筆，雙眼彷彿放射著攝人的光芒。

隨後朱潤南開始作答，他下筆如有神助。困難的數學試題，他毫不思索的寫出正確的算式，解答行雲流水，彷彿不需要自己思考。整張試卷寫完，也才花不到五分鐘。

他看著試卷上那完美的算式跟答案，心中萌生萬丈豪氣。

「完美的答案。」朱潤南看著手中的試卷與鋼筆，此時的鋼筆就像是在綻放著太陽般的光芒，神聖無比。

接下來的英文、地理，朱潤南也是一下字就寫完了，他在考試時，甚至分心思考晚上該吃什麼晚餐

但到了第二天的國文，卻出了點意外狀況。

當他正如昨天那般，使用鋼筆飛快的解答到一半，筆沒墨水了。

朱潤南看到寫到一半的選擇題答案，臉色一驚，愣住了。

「老師。」朱潤南高舉著右手。

「怎麼了？」監考老師抬起頭，監考的並不是張宇，而是隨機排到的隔壁班導師。他一邊監考一邊閱讀投資理財的書籍，正看得入神就被朱潤南打斷了。

「我……肚子痛，想去廁所」

「忍著！」監考老師皺起眉頭：「剛剛下課時間不會去嗎？」

「剛剛人太多了……不行，我忍不住了！」朱潤南說完，也不管監考老師還沒同意便衝出教室。

「欸！」監考老師想叫住朱潤南，但他一下就跑得不見蹤影。監考老師原本想追上去，但走了幾步就停下來。

「算了，反正只是模擬考，上個廁所也不會怎樣。」

來到廁所隔間的朱潤南，從口袋裡拿出了鋼筆。他脫下褲子，他左邊大腿的地方有一處小小的圓形傷口。

他看著鋼筆尖銳發光的筆尖，一咬牙，將筆尖狠狠大腿另一處沒有傷口的地方。筆尖扎進肉裡，但是並沒有血噴出來，因為血正順著筆頭吸進鋼筆裡，這是一支吸血的筆！

朱潤南只是一個 17、8 歲的少年。此刻的他，因為痛楚而臉孔扭曲著，眼角也泛出淚光。兩分鐘後，他拔出了鋼筆，用衛生紙壓著大腿上的傷口。看著重新有了墨水的鋼筆，他露出了笑容。

就這樣，朱潤南重新用鋼筆考試，順利考完模擬考全部的科目。

模擬考的閱卷都由學校的老師負責，考完的兩天內，所有人的成績都出來了。

一大早聚集就有十幾個人聚集在穿堂的佈告欄前，議論紛紛

「這是誰阿？」

「從來沒看過。」

朱潤南的名字擺在全校前百名榜的最前面，這是個讓所有頂尖學生陌生、從來沒聽過的名字。

朱潤南悄悄地從眾人身後經過，臉上是藏不起來，也毫不打算隱藏的張狂笑容。

上課鐘響，教室內的同學們還在討論著，更有些人拿起手機，隨時準備拍攝，大家都知道了朱潤南考上全校第一，在他們感到不可思議的同時，更期待著國文老師會作何反應。

但是上課鐘響之後，沒等來張宇進教室，走進來的反而是另一位國文老師，大家紛紛用茫然的神情看著他。

「我叫王明傑，因為張宇老師出了一點事情，從今天開始由我負責你們的國文課。」

此話一出，同學們紛紛吵鬧起來。

「老師，張宇老師辭職了嗎？」其中一人立刻發問。

「辭職？」王明傑一頭霧水：「你在說什麼阿？」

坐在前排的其中一個同學才向王明傑解釋張宇跟朱潤南的賭約。

「這個人到底在搞什麼啊，出事就算了，還跟學生賭這個？」王明傑揮手安撫同學，「張宇老師是另外出了一點事情，暫時不會回學校上課。」

雖然王明傑試圖解釋了，但是同學們並沒有改變看法，在他們看來，很明顯是張宇輸了賭約，真的辭職了，而面子上掛不住，所以才不敢出現。

大家紛紛偷看著朱潤南。

「對了，朱潤南同學是哪位？」王明傑開口問道。

悠然在後頭看小說的朱潤南，聽到前方在叫自己的名字，緩緩抬頭。

「是我。」

「這次考試你跌破了大家眼鏡，從倒數百名直接跳到全校第一，打破創校以來進步最多的紀錄了。」王明傑帶著淡淡的微笑：「你有什麼想跟各位同學鼓勵的嗎？」

「這只是我的實力發揮出來而已。」朱潤南無所謂的說道。

「是嗎？」王明傑瞇著眼睛看著朱潤南，過了好一會才向前排的同學問道：「張宇老師對你們的複習有什麼安排，有誰可以告訴我嗎？」

朱潤南低下頭，繼續看他的小說，嘴角露著得意的笑容。

「你怎麼作弊的阿？」曹平悄悄靠近朱潤南，小聲地問道。

朱潤南不悅地答道：「我沒有作弊。」

「少來。」曹平笑道：「跟我說一下啦，我不會跟別人講的。」

「我沒作弊，這才是我真實的實力罷了，那些題目都太簡單了！」朱潤南自傲地說道。

曹平看著朱潤南的模樣，這個平常跟他一起坐教室最後面，混吃等下課的後段學生，突然考了全校第一，如此驕傲的嘴臉。

他的心裡對朱潤南升起厭惡的感覺。

下課鐘響，王明傑收拾課本準備離開，但他偷偷瞄向教室後方。此時朱潤南高打著哈欠，高舉雙手伸懶腰。

「我開始講課沒多久，他就趴下去睡了。這種人考校第一……怎麼可能？」王明傑離開教室。

當王明傑回到辦公室時，有四個老師聚集在他的桌子前，看樣子就是在等著他。

「怎麼樣？」帶著厚圓眼鏡的數學李老師，心急地問道。

「跟想像的一樣，不學無術的一根朽木。」王明傑將手中課本放到桌上。

「果然是這樣。」

「所以是作弊了？」

朱潤南考上全校第一的事情，不僅轟動了高三學生，也震驚了全部老師。老師對學生成績都有一定的掌握，進步三、四十名甚至五、六十名，都是有可能的事情。但是一次進步幾百名，而且進步的這個人，還是眾所皆知的壞學生，怎麼想都不可能。

「就算他突然奮發向上，也不可能一下子就進步這麼多！」教導朱潤南數學的李老師，拿出他記錄學生成績的本子。

「你們看，他兩個禮拜前的數學小考，0分！怎麼可能兩個禮拜後，就什麼算式都會了？」

「可是他怎麼作弊的，他們班的學生，考最好的也只是在一百多名。他就算抄旁邊的人也抄不到全校第一名。」

「或許，他事前知道考試題目？」

「陳老師不是說朱潤南在考國文的時候，突然跑出去上廁所？」其中一個老師說道。

陳老師點了點頭：「沒錯，他的確有跑出去一下。」

王明傑微微搖頭：「可是他的作文考卷是我評分的，文意通暢、用詞語法都很有水準，拿出去投稿也沒問題。」

「我還就不信了。」數學李老師忿忿不平，「明天我就突襲小考，看他還能不能考滿分！」

當天傍晚，朱潤南如往常地來到網咖，一手拿著麥當勞的外帶紙袋。這是他贏了跟張宇的賭約，為自己慶祝的獎賞。

當朱潤南一踏進網咖，櫃臺人員一眼就認出朱潤南：「23號？」

「沒錯。」朱潤南從口袋掏出會員卡，遞過去。

「學長，你也來打網咖喔？」這時，一個少年從店門口喊道。

朱潤南回頭一看，是曾經跟他待過熱音社的學弟，張齊。

「嗯。」朱潤南點了點頭，張齊對他來說只是個不熟的學弟，他並沒有興趣與張齊多聊，逕自走到 23 號電腦前。

不過張齊跟櫃臺問了朱潤南的電腦號碼，特意開了朱潤南隔壁的位置，22 號電腦。

朱潤南前腳剛坐下，張齊就來到 22 號電腦前，按下桌上的開機按鈕，將書包丟在椅子旁的地板。

朱潤南看著張齊扔下的書包，神情一陣恍惚，模樣像是在回憶著什麼。

「學長你要打什麼？」張齊開口問話的聲音，打斷了朱潤南的思緒。

「學長？」

回過神來的朱潤南看著自己的螢幕，冷冷地回道：「英雄聯盟。」

「我也有打欸，一起玩吧，學長什麼牌位。」張齊熱情的說道。

「鑽石。」朱潤南面無表情地回道。

張齊不以為意的攀談：「學長你今天是學校的風雲人物欸。」

「喔？」張齊這一句話，勾起朱潤南的情緒：「怎麼說？」

張齊情緒高昂地說道：「大家都在說，你打破創校以來進步最多的紀錄，也是創校以來第一個把老師逼到辭職的學生，很酷！」

「小事一件罷了。」朱潤南裂嘴笑著。

「不過沒人猜到你怎麼做到？」張齊接著說道。

「什麼怎麼做到的？」朱潤南楞了一下，皺起眉頭。

「怎麼作弊的啊！」張齊回道：「偷看不可能這麼高分。難道是小抄？學長你不會考試前就已經拿到題目了吧？還是說……」

在張齊講話的時候，朱潤南臉色越來越難看。終於，朱潤南猛地站起身來，扯著張齊的衣領，將他從座位拉起來。

「我考全校第一是我的實力，我以前只是沒發揮出來而已。還有，誰允許你坐我旁邊了？誰允許你跟我一起打遊戲了？」朱潤南滿臉怒容，低聲說道：「我現在去廁所，等我出來你最好已經換位置了，懂嗎？」

朱潤南放開張齊，走向廁所。

張齊感到莫名其妙，帶著害怕的神色緊抓沙發椅的把手，看著朱潤南離開的背影。

刷——朱潤南轉開廁所的水龍頭，水嘩啦嘩啦的流著。朱潤南捧起水，洗了個臉。

「每個人都覺得我是作弊的，根本是看到我考了好成績，一群嫉妒我的傢伙罷了。」朱潤南雙手撐在洗手台上，一臉蒙受冤屈的表情。

嘰——！朱潤南身後的廁所隔間，緩緩推開。

朱潤南抬頭，透過鏡子的反射看向隔間，但是打開的隔間內空無一人。朱潤南有點疑惑，緊接著第二個隔間被推開，第三個、第四個。

全部的隔間被推開了，但是都沒有人。

朱潤南的手臂上一陣陣發麻。

啪！廁所的電燈熄滅，一片漆黑。接著電燈又很快地亮起，只是燈光變成了紅色，照射出來的光線，讓整間廁所也變成了紅色，彷彿被鮮血塗滿了一般。

在朱潤南右後方的廁所隔間，站了一個低著頭的少年。他穿著校服，臉孔埋藏在陰影中不可見。朱潤南從鏡子反射中看到了他，楞了一會。

「……是你！」朱潤南緩緩說道。

彷彿是聽到叫喚，少年抬起頭來，他的雙眼全是白色無瞳孔。

「哇！」朱潤南見狀，嚇得閉上雙眼，雙手擋在自己面前。「不要！」

少年朝朱潤南往前走一步，但是他身後突然湧出了濃厚的黑霧，從少年的腳蔓延至頭，將他全身包裹了起來。少年的表情痛苦，張嘴吶喊卻沒有發出聲音。

最後少年被黑霧整個掩蓋。

一會後，朱潤南才緩緩張開眼睛。

廁所回到正常的燈光，每個廁所隔間緊閉著。

朱潤南衝出廁所，大口喘氣呼吸，嘴唇顫抖著：「那是……李家同。」

他快步走回到23號座位，22號座位空著。張齊害怕被朱潤南打，聽話的離開了。

朱潤南看著空蕩蕩的位置，陷入回憶。

幾天之前，中度颱風即將登陸臺灣的那天。傍晚時風雨還沒很大，朱潤南依然決定在網咖玩上一、兩個小時再回家，他同樣在這間網咖的23號座位上玩遊戲。因為颱風，整間網咖只有幾個人在打遊戲。就在朱潤南打到一半的時候，身旁22號座位上來了一個人。

朱潤南轉頭看了他一眼，李家同。朱潤南認得他，因為李家同在前幾天的朝會上剛被表揚，從五十名左右的成績突飛猛勁到全校第一，被當作鼓勵全校同學的模範。

「讓人討厭的傢伙。」朱潤南在心裡暗罵著，「最討厭這種玩遊戲，成績還這麼好的人。」

朱潤南裝作不在意李家同的模樣，繼續打他的遊戲。中途，李家同起身往廁所走去。朱潤南偷看著，在確定李家同離開後，拿下自己的耳機，起身。

他踢倒李家同放在地板上的書包，課本與雜物都噴飛出來，他又在課本上重重踩了一腳，在封面上留下一個腳印子。

朱潤南拿起自己的書包，看向廁所，準備趁李家同回來前離開。就在他剛跨開腳步時，腳下踩到了一個東西。他低頭一看，是一個銀色的鋼筆。

「看起來滿高級的。」朱潤南低頭伸手，打算撿起鋼筆。

就在他指尖處碰到鋼筆的一瞬間，

腦海出現了一個不屬於他的聲音，這個聲音彷彿遠在天邊宣讀，卻又像是在耳邊喃喃說著。

這個聲音在說著鋼筆的「使用方法」：

「鋼筆使用法則，其一，凡人在第一次處碰到這隻筆時，就會得知如何使用這枝筆。其二，無論是任何問題，只要使用這枝筆書寫，就會得到世人所認可的普遍解答。其三，無論任何主題，只要使用這枝筆書寫，就可以創作出讓世人驚嘆讚美的創作。其四，墨水，必須是使用者自己的血液。」

「誰在說話？」朱潤南心頭一震，低頭看著自己手中的鋼筆。

「難道是這枝鋼筆⋯⋯」朱潤南遲疑著，腦中那個想法太驚人，太不可置信。「李家同就是因為這枝鋼筆，才能夠拿到全校第一跟最佳進步獎！」

想到這點，朱潤南立刻將鋼筆塞進自己的書包，慌忙地衝出網咖。

在風雨中他衝回家，沒空搭理自己煩人的媽媽，他坐在自己的書桌前，心臟還在怦怦砰地跳動著。

他小心翼翼的轉開鋼筆，將裡面紅色的液體倒空，再把鋼筆頭轉緊。

他深吸一口氣，把鋼筆筆尖抵在自己的大腿上，緩緩用力，直到筆尖刺破皮膚開始滲血。這是朱潤南在聽到鋼筆「說話」的內容時，就在腦中浮現的補充墨水方法。

朱潤南拔出鋼筆：「痛！」

他一邊拿著衛生紙止血，一邊從書櫃上拿起沾滿灰塵的評量。

他使用鋼筆寫著評量上的題目，在寫的過程中他不需要自己思考，鋼筆就會替他寫出答案，那是完全正確的答案。

興奮感使得他血脈賁張，雙手不自覺地顫抖著。

他拉開抽屜，從一大堆雜物中，抽出一個斑駁掉漆的鐵製鉛筆盒，把裡面的鉛筆、原子筆全部倒出來。在裡面放上一層厚厚的衛生紙。

彷彿在進行某種神聖的儀式，他用雙手鄭重地把鋼筆放進鐵盒裡，輕輕地關上。

「只要有這枝鋼筆，不要說考上大學，什麼台清交大通通都是任我選的！」

朱潤南走到窗戶邊，看向窗外。

「沒追上來，還是放棄了⋯⋯不可能的。」

叮咚！朱潤南拿起自己的手機，點開班級聊天群。

「真的假的，李家同死了？」

「我弟跟他弟是同班同學，聽說他家人正要去醫院驗屍！」

李家同死了，怎麼回事？

朱潤南瞪大眼睛看著手機，原來還擔心李家同會追上來搶回鋼筆，沒想到這就得知李家同死了的消息。

朱潤南心頭升起的是一股如釋重負的感覺。李家同死了，那麼鋼筆就心安理得變成自己的了。

回過神，朱潤南從回憶中注意到了一件事情。他從口袋中拿出手機，在班級群裡發問。

「你們誰知道，李家同在哪裡死的啊？」

「問這個幹嘛？」

「聽說好像是在網咖？」

「他會打網咖喔？該不會不眠不休打遊戲才暴斃的吧。」

「不是。好像是在網咖廁所裡割腕！」

看到這裡，朱潤南差點拿不穩手機。

原來是在廁所，難怪了，李家同就是死在剛剛廁所裡。

想到這裡，朱潤南趕緊翻開書包，從鐵盒裡拿出鋼筆，看到鋼筆拿在自己手中，朱潤南才看到安心許多。

朱潤南的奇怪模樣正被後方的一個人看在眼裡，而被觀察的朱潤南對此並不知曉。

朱潤南快步離開這裡，這間網咖他以後是不會再來的。

數學課上，朱潤南再度躲在書本堡壘後方，悠閒地滑著手機。一旁的曹平也在滑著手機，但他偶爾會偷看朱潤南。

「現在，大家把課本收起來。」數學老師課上到一半時，忽然宣布道：「我們現在來一個臨時測驗。」

數學老師說完便拿出一疊小試卷，邊發下去邊說：「不知道朱潤南同學，這次還能不能跟模擬考一樣，考個滿分，讓大家驚呀一下？」

聽到數學老師這麼說，同學們紛紛轉頭看向朱潤南。他們都知道，甚至就連朱潤南自己也知道，所有的人都認為他是作弊。

而這場突襲考試就是對朱潤南的測試。

「真是的，我本來還打算少用鋼筆的，墨水沒了要靠捅自己才能補充呢。」朱潤南從書包裡拿出鐵盒：「不過使用這樣神奇的筆，付出這個代價也是很合理的。」

鋼筆在試卷上飛快書寫，那些以前朱潤南看了頭腦發暈的題目，被一一算出答案。不到三分鐘，整張試卷便寫完了。

下課後，數學老師拿著整疊試卷回辦公室，先抽出朱潤南的試卷批改。

「全對。」數學老師神色深沉，接著拿著試卷來到王明傑身旁。

「李老師怎麼了？」王明傑看著試卷，有些疑惑。

「我剛剛突襲考試，這是朱潤南的試卷。」數學老師說道。

「又是全對嗎？」

「全對，但是有些奇怪的地方。」

王明傑問道：「哪裡奇怪？」

數學老師指著試卷的最後一題：「這題，我考的是大學微積分的題目，我從來沒有教過，大考也不會考。」

「但是他還是寫出來了？」王明傑很是困惑：「是他太天才，還是又作弊了？」

數學老師說道：「考試的時候，我一直緊盯著他，他只花了不到五分鐘，非常流暢地作答，流暢到有點恐怖。」

王明傑撫著額頭：「難道真的是所謂的浪子回頭型的天才？」

「還有一點奇怪的地方，考完試之後，我把裡面最簡單的一題提出來，叫朱潤南上台解題，但是他死活不肯上來……」

在兩名老師持續討論朱潤南的時候，辦公室外的走廊，一個少年偷偷摸摸的靠在窗邊偷聽著。

接下來的一個月，朱潤南過上自由歡樂的生活。因為成績好，就算沒有書本堡壘，光明正大玩遊戲睡覺，老師也不能對他多說什麼。

放學跟週末，他都在網咖打遊戲。更因為考全校第一，媽媽給的零用錢十分寬裕，天天都過得很歡樂。幽浮網咖已經不能去了，所以朱潤南這段時間都到另一間戰神網咖。

但此時，坐在電腦前的他顯得十分煩躁。打開他的對戰記錄，這已經是他的十連敗。

「到底在幹嘛，假鑽石喔？」

「開戰了還在那邊慢半拍。」

「刪遊戲吧，觀念跟反應都有問題。」

每一場遊戲裡，朱潤南都被隊友指責，讓他越打越生氣。

「一群屁孩！」朱潤南只能弱弱的回嗆，接著退出遊戲。

他接著起身來到網咖櫃臺，對著服務生說道：「我要一碗牛肉泡麵，另外再儲值一千塊。」

正在櫃臺後方煮東西的服務生，回過頭一臉疑惑：「你剛剛不是來點過了？」

「我來點過了？」朱潤南一愣。

「你剛儲值了阿，我現在就在煮妳的麵。」服務生回道。

「喔……我可能忘記了吧。」朱潤南呆呆地往自己的座位走去。在一條走道裡，被迎面而來的人撞了一下。

「欸！」朱潤南正要怒罵，但那人趁著衝撞的力道，居然扯下自己的書包。

搶走書包的人，向網咖外全力狂奔。朱潤南過了好幾秒才回過神，要追上去時，對方早已推開大門跑出去。

「我的鋼筆……我的鋼筆在裡面！」朱潤南大喊。

他追上去，打算推開大門，但大門卻像一堵厚實的牆壁，不管他怎麼推拉，大門就是紋絲不動。

朱潤南轉頭朝著櫃臺，大吼：「快把門給我打開！」

可是櫃臺後，空無一人。

瓦斯爐上的鍋子，泡麵滾著，但是剛剛還在的服務生不知道去了哪裡。

朱潤南轉身，網咖裡有十多台電腦亮著螢幕，正在進行遊戲，但是卻看不到操控遊戲的人。整間網咖裡只剩朱潤南一人。

「怎麼回事？」朱潤南再度轉身，打算再推看看大門。

「哇！」朱潤南驚恐地大吼。透過大門的玻璃，他看到了一個渾身只有血肉的人站在外面，那個人就像被扒掉全身皮膚，可以清楚看到粉紅的肌肉纖維，沒有眼皮沒有嘴唇，眼珠與牙齒直接暴露在外。

而他的雙手沒有血肉，從腕骨開始變成了白骨，十根手指被刻上了花紋，指尖是鋼筆的模樣。

恐怖的怪人將指尖劃在大門的玻璃上。

嘰——！刺耳尖銳的聲音，讓朱潤南聽得耳朵發疼暈眩，他低頭彎腰，雙手掩蓋自己的耳朵，試圖阻擋那可怕的聲音。

嘰！

聲音停止了。朱潤南抬起頭來，可他已經不在網咖內了。

他身處在一片黑霧環繞的地方，他所能看見的只有不到半徑兩公尺的地方，而這中央擺放了桌椅，桌子上有一支原子筆。

只有白骨的詭異怪手忽然從黑霧中伸出，將兩張白紙放在桌子上面，接著又隱入黑霧中。

朱潤南等了一會，只好坐下，他拿起第一張白紙。

「鋼筆的租賃費用：請用自己的實力，完成這場簡單的考試，如果考試不及格，則用靈魂支付費用。」

「這、這是什麼？」朱潤南大喊著：「我怎麼不知道鋼筆還要費用，不是用自己的血當墨水就行了嗎？」

「你是什麼東西！」

不論朱潤南如何大喊，黑霧裡都沒有任何反映。朱潤南只好拿起第二張白紙，就在他拿起白紙的時候。怪手又出現了，它將一個金屬雕刻的沙漏放到桌子上。

「第一個問題，你叫什麼名字？」

「哈，這麼簡單的問題！」朱潤南提筆寫下自己的名字，但是寫的非常慢。

他發現自己對寫的字，起了很大的懷疑。『朱』真的是這樣寫的嗎？『潤』的旁邊是水字旁嗎？

足足寫了兩分鐘，朱潤南才寫完自己的名字。

「第二個問題，14 乘以 14 減 5 等於多少？」

「這麼簡單的加減乘除……」朱潤南拿著原子筆，卻遲遲沒有下筆。

他是真的覺得這個數學很簡單，就算是他都會寫的。但是實際要算的時候，他發現自己失去了加減乘除的概念，他不會算數學了。

朱潤南的額頭冒出了冷汗，他看了一眼不斷流逝的沙漏。

「第三個問題，水的冰點是幾度 C？」

簡單的物理，甚至可以說是簡單的常識問題了。但是朱潤南拿筆的手卻越發僵硬。

「是幾度？5 度？10 度？」

朱潤南最後寫下了他認為最接近的答案，8 度 C。

看完全部的題目，朱潤南終於發覺自己不對勁了，這些題目都是他真心認為簡單的題目，但是他卻寫不出正確解答。

他終於意識到這一個多月以來，在他自己身上發生的事情。他在那段時間逐漸變得健忘，反應速度也越來越慢。

朱潤南全身的衣服都被汗弄濕。

最終，他在沙漏裡的沙子漏光之前寫題目。但是他知道除了第一題外，其他的答案全是他亂猜的，他不可能及格的。

看著怪手收走了試卷，朱潤南顫抖著嘴唇：「變得越來越笨，這也是使用鋼筆的代價？」

黑霧中傳來怪異的詭笑聲，彷彿是在認同朱潤南的猜想。

「我、我會怎麼樣……求求你，我不想死，我……」

朱潤南身後，怪人從黑霧中走出來，他張開右手手掌，蓋在朱潤南頭頂上，手掌一收。朱潤南的頭彷彿花朵盛開，血肉與頭骨一同被切開，露出粉嫩的腦子。

怪人拿起腦子，塞進自己嘴巴，就像在吃著美味的佳餚，一邊啃食咀嚼，一邊發出笑聲……

「你的牛肉泡麵……欸，你還好嗎？……哇，你怎麼了？誰、誰快叫救護車！」

少年在小巷子裡奔跑，他的雙手緊抱著不屬於他的書包。跑了好一會，他停下腳步，手撐在牆上大口喘氣。

他是朱潤南的鄰桌曹平。

他擦了擦脖子上的汗，他的手伸進書包裡摸索，拿出鐵盒。

打開鐵盒，拿出鋼筆的一瞬間，他露出了狂喜的表情。

「我就猜到是鋼筆的關係，我就知道他作弊了！現在……鋼筆是我的了！」

國家圖書館出版品預行編目資料

我的鋼筆／貓爵　著.—初版.—
臺中市：天空數位圖書　2019.12
面：公分
ISBN：978-957-9119-62-7（平裝）

863.57　　　　　108022095

發　行　人：蔡秀美
出　版　者：天空數位圖書有限公司
作　　　者：貓爵
編　　　審：容飛
製作公司：傑拉德有限公司
　　　　　炬烽有限公司
版面編輯：採編組
美工設計：設計組
出版日期：2019年12月（初版）
銀行名稱：合作金庫銀行南台中分行
銀行帳戶：天空數位圖書有限公司
銀行帳號：006-1070717811498
郵政帳戶：天空數位圖書有限公司
劃撥帳號：22670142
定　　　價：新台幣280元整
電子書發明專利第 I 306564 號

※ 如有缺頁、破損等請寄回更換

紙本書編輯印刷：
電子書編輯製作：
天空數位圖書公司 E-mail：familysky@familysky.com.tw　http://www.familysky.com.tw/
地址：40255台中市南區忠明南路787號30F國王大樓　Tel：04-22623893　Fax：04-22623863